KB132246

우울은 허밍
천수호 시집

문학동네시인선 059 천수호

우울은 허밍

시인의 말

눈을 감으면
소리의 백발 한 가닥이 잡힌다

늙은 마술사의 손바닥에서
한 귀퉁이씩 뽑아올려지는 손수건처럼
뽑다가 간혹 툭 끊어지는 티슈처럼

저 기척들

여기까지 나를 불러왔다

귀가 있어 나는 거기에 닿는다

2014년 여름
천수호

차례

2부 왼쪽 귓바퀴를 돌아가면 목련마을이 있다

3부 이제 당신 집으로 돌아가요

발문 | 귀로 틔우는 소통의 씨앗들

　　 | 박형준(시인, 동국대 교수)

1부

잎과 잎 사잇길

인기척

갓 결혼한 신부가 처음 여보, 라고 부르는 것처럼
길이 없어 보이는 곳에서 불쑥 봉분 하나 나타난다
인기척이다
여보, 라는 봉긋한 입술로
첫 발음의 은밀함으로
일가를 이루자고 불러 세우는 저건 분명 사람의 기척이다·
기어코 여기 와 누운 몸이 있었기에
뒤척임도 없이 저렇게 인기척을 내는 것
새 신부 적 여보, 라는 첫말의 엠보싱으로
저기 말랑히 누웠다 일어나는 기척들
누가 올 것도 누가 갈 것도
먼저 간 것도 나중 간 것도 염두에 없이
지나가는 기척을 가만히 불러 세우는 봉분의 인기척

객관이라는 거리 보기

두 남자가 마주보며 담배를 피운다

연기가 뒤섞인다 겨울 입김도 뒤섞인다

바닥에 쌓인 눈이
두 사람을 한 구름 위에 띄우고 있지만

그들은 연기로 묶였다 풀린다

몸과 몸의 거리
저 입김의 거리는 시계 소리보다 멀어서
좀처럼 떠나야 할 길이 보이지 않는다

구름의 낭떠러지 위에 서서
서로의 함성을 입김으로 불었다 놓는 풍선들

발화(發話)도 전율도 죽은
치마의 하얀 말기처럼 단단히 두른

저 객관이라는 슬깃한 거리

파도의 귀를 달고 개화하는 튤립

파도의 귓바퀴 속을 걸어들어가봐
튤립 싹이 왜 귀부터 여는지 알게 될 거야
파도와 파도 사이
그 조용한 시간을 견디는 게
튤립의 전(全), 생(生)이거든

코끼리 코로 겨울을 견디는 오동나무 둥치나
손바닥 펴 보이는 맨주먹의 어린 싹들도
전생을 맡긴 땅에다 귀부터 갖다대거든

왼쪽으로 세 번 오른쪽으로 두 번 또 왼쪽으로 한 번
길을 몇 번 꺾다보면
번호를 잊어버린 녹슨 금고 앞에 선 것처럼 아득해져서
어디 먼 데를 향해 귀부터 열게 되거든

파도의 귓바퀴를 한 바퀴 굴러나오는 윈드서퍼가
다음 파도를 기다리며 귀를 열듯이
튤립은 그 어디를 향해 귀를 열면서
죽은 새 대가리 하나를 쑤욱 낳았던 거야

억측의 세 가지 공법

의자를 바로 세우기 위한 직각 공법은
애초에 귀를 염두에 둔 작업이다

독백과 대화 사이
방백과 대사 사이
뚝뚝 끊기는 말소리는
귀와 귀 사이의 거리를 예측한 설계 때문이다

둔각의 등허리에 잘 붙지 않는 대답이라면
처음부터 피가 돌게끔 고안된 건 아니다

못이 나무와 나무 사이를 통과한다

피가 나지 않는 이 공정은
핏줄과 핏줄 사이처럼 살을 채우는 화법이어서
발과 발 사이는 한없이 멀어진다

귀를 상상하고 나무를 깎는 동안
예각의 숨과 숨 사이에서 설핏 피냄새가 난다

세 개의 형광등에 뜬 아홉 개의 질문

세 개의 형광등이 나란히 뜬 방
불을 껐는데도 잔광의 형체가 남아 있다
귀가 닫힌 질문은
이렇게 사방이 희미해질 때 하는 거다
눈도 없는 몇 개의 질문들이 천장에 거꾸로 매달린다
검은 우산의 귀가 활짝 펴진다
박쥐가 들끓던
인도 괄리오르 만 싱 궁전의 지하 감옥 천장처럼
몇 개의 가능한 답들이 잔발을 떼다 다시 붙는다
어둠 속 질문은 주둥이가 긴 장화를 신고
이 구석 저 구석 저벅거린다
석가모니가 아난다에게 한 세 가지 질문처럼
질문의 입구가 너무 커서
쉽게 빠져나오지 못하는 어둠
세 개의 형광등이 꺼지면서 꼬리가 아홉 개인 질문이 뒤
섞였다
빛이 밝혀낼 답은 없지만
벽을 더듬어 스위치를 올린다
깜 빠르르르 팍, 주문 같은 불이 켜지면
어둠 속에 어슬렁거리던
아홉 개의 질문들이 재빨리
벽의 부조 속으로 스며든다

줄행랑 본질 찾기

삑삑도요*의 얼룩무늬는 달아나지 않는다

무늬가 도망가면 무엇이 남지?

무늬도 몸피도 지푸라기에 섞여 보이지 않는다

내겐 도무지 보이지 않는 삑삑도요,
한 남자가 근접 촬영중이다

달아나지 않아서 더욱 보이지 않는다

삑삑, 호각 소리도 없는 그 고요에 불려 들어가
남자는 오래 조준한다

도망가려 고요하고, 붙들려고 고요한
두 고요가 팽팽히 선을 이으며 맞서서
서로 읽히지 않으려고 각자의 서책을 덮는다

* 도욧과의 새. 머리와 등은 짙은 갈색이며, 작은 흰색 반점이 흩어
져 있다.

심심 심중에 금잔디

아버지 시신을 파먹고 자란 잔디 사이에서
아버지 시즙을 빨아먹고 자란 잡초를 뽑아낸다
그렇게 순종만을 원하던 아버지,
아버지 몸에도 잡것이 있었군요

아버지가 묻히고 나서야
내 몸에 잡기가 있다는 걸 증명해주는 건가요
아버지, 차라리 잡초를 두고 잔디를 뽑아낼까요?
아버지의 살갗에 엉겨붙는 저놈들이 잡놈이 아닐까요?
아버지 몸에 뿌리내린
수천수만의 금잔디 금잔디가 나였잖아요?

공사장에서 떨어져
수십 개의 침을 꽂고 누운 아버지 몸에서
처음 우담바라를 발견한 것도 나였고
마지막으로 떨어지던 링거액에서
아버지의 시즙을 본 것도 나였어요
그러니 저 따끔한 금잔디를 심을 자격도 제게 있다고 그
랬죠
아버지는 마지막 눈인사로 나를 인정하셨잖아요

아버지는 네모난 침상에서 머리도 들지 않은 채
또 묻네요

애야, 바늘 잘 꽂혀 있니?

—

—

환생의 조건

고흐는 씨 뿌리고 나는 수확한다
고흐가 파묻은 씨앗에 물 주지 않은 것에 반성하는
이상한 꿈을 지나
내가 축낸 이십일 세기의 노오란 햇살 한 두름을 지나
사치와 허영의 시간을 지나
찬양받은 그의 한쪽 귀와 말라붙은 물감 밭을 일궈내어
내 잠의 깊이만한 뿌리를 캐낸다

나의 수확은 뿌리에 집착했고
고흐는 인간의 귀에 생명을 고집했다
고흐가 자신의 피조물로 백 년을 살 동안
나의 환생 조건은 바뀌지 않았다
그의 비의는 환생 가능성에 너무 오래 젖어 있었고
나의 기대는 다시 씨를 뿌린다
귀 큰 코끼리로 오십 년, 당나귀로 오십 년 살다 간
그의 무덤에서
우주의 가장 구체적인 구조로 베고니아가 핀다

17인치에 풀어둔 은어 번식기

아이들의 언어 습관은 은어가 사는 탐진강의 방식이다
거슬러오르는 무늬
저 땋은 머리가 내림의 방식이듯이
처음 보는 음계를 밟아 내려가는 아이의 어법 또한 은어
의 회귀법이다

17인치 컴퓨터 화면 속으로 미끄러져 들어온
난무하는 아이의 은어들
사이버 거친 물줄기를 거스르며
사라진 모천으로 회귀중이다

021

모자 웅덩이

　자정이 넘은 시간에 아이를 찾아다녔죠 비는 억수같이 퍼
붓고 흙탕물은 흔들렸죠 머릿속에선 미꾸라지가 꿈틀거렸
고 둥근 무늬 뇌파와 파랑 무늬 뇌파가 어깨를 겹친다는 신
호가 왔죠 크고 작은 빗방울들이 뇌를 뒤흔들어 뇌수는 위
험수위 신호를 깜빡거리고 막막이라는 두 겹의 막이 모자를
씌워줬죠 꽈리처럼 부푼 수포가 터질 때마다 모자가 헐렁헐
렁해졌죠 머리를 끼울 건가요 얼룩을 담을 건가요 웅덩이는
계속 출렁이며 묻고요 이 모자는 흔들리는 아이에게 딱 어
울려요, 라는 물메아리만 첨벙첨벙 신이 났어요 자정이 넘
은 시간에 소낙비가 퍼부어요 주룩주룩 머리에 모자가 넘쳐
요 딱 거기까지예요 내가 웅덩이를 모자로 쓸 수 있는 한,
모자가 웅덩이에 빠졌다가 다시 모자로 쓰일 수 있는 한,

잎과 잎 사잇길

멀어지고 가까워지는 것이 나무의 뜻이 아니어서
거리는 추상이다

잎과 잎 사이는 갈 수 있는 거리가 아니므로
추상은 고유하다

잎과 잎 사이는 울돌목의 파도가 지나가는 해협,
새 울음이 추상을 토악질한다

아무리 게워도 죽음은 추상이다

한 사람이 떠난 발자국과 발자국 사이가
잎과 잎 사이처럼 갈 수 없는 거리여서
거리는 죽음에 고유하다

잎과 잎 사이
조류가 거세어서 우는 소리로 들린다는 울돌목
그 해협을 가르며 새 한 마리 날아오른다

잎과 잎이 공허한 추상으로 떨어진다

바람의 뼈

시속 백 킬로미터의 자동차
창밖으로 손 내밀면
병아리 한 마리를 물커덩 움켜쥐었을 때 그 느낌
바람의 살점이 오동통 손바닥 안에 만져진다
오물락 조물락 만지작거리면
바람의 뼈가 오드득 빠드득
흰 눈 뭉치는 소리를 낸다
저렇듯 살을 붙여가며
풀이며 꽃이며 나무를 만들어갈 때
아득바득 눈 뭉치는 소리가 사방천지 숲을 이룬다
바람의 뼈가 걸어나간 나뭇가지 위에
얼키설키 지은 까치집 하나
뼛속에 살을 키우는 저 집 안에서 들려오는
눈보다 더 단단히 뭉쳐지는 그 무엇의 소리

간섭하는 귀

물소리와 풀벌레 소리 맥놀이가
내 귓바퀴를 오래 달리게 한다
(귀가 달리면 토끼가 될까 거북이가 될까)

자정(子正)의 귀를 깎아서
일 년을 만든다고 말하지 말자
(귀가 늘어져 토끼가 된 하루가 웃는다)

물소리 끝에 풀벌레 소리가 다리를 덧댄다
용접 불꽃을 튀기는 소리에 눈감지 말자
목놓아 우는 것들이 지천이다
(소리 내어 울지 않는 건 토끼뿐이다)

늦매미 울음이 가을을 간섭하는 소리에
귀 곧추세우지 말자
(귀 떼일까 쫑긋하는 것은 토끼의 소관이다)

계절이 바뀔 때마다 귀는 더 길어진다고
사방천지 간섭하며 신음하는 소리들
(이 맥놀이 저 맥놀이가 서로 귀 비비고 있다)

세대 차이

가로수와 가로수 사이, 저 보폭은 도대체 누구의 거리입
니까
너의 걸음으로 여덟이지만 내 걸음으로는 턱없이 멉니다
가로수와 가로수 사이는 일 년입니다 오백 그램입니다
문양이 찍히다가 만 절편입니다
결백이 건너가는 쉼표입니다. 어둠의 깊이가 잠겨 있는,
더이상 웃지 못할 사건입니다
둘 혹은 넷이 함께 가는 거리입니다
노란 네온 간판이 반도 못 걸어가는 기척입니다
차와 차 사이가 멀어지는 거리입니다
내일이면 내가 혼자 끌고 갈 연약한 무게입니다
한 사내가 검은 봉지 속을 두 번 들여다보는 거리입니다
관절 없이 걷는 문명입니다
배낭을 앞으로 메고 걷는 아이의 미래입니다
한꺼번에 거두고 가는 어둠의 가장 짧은 호흡입니다

치매는 차마 치마를

아버지가 블라인드 사이로 한쪽 발을 집어넣으신다 여긴 너무 따뜻해, 아버지! 발 넣지 마세요 주름치마가 아닌걸요 엄마의 치마는 폭이 좁아져서 차마 아버지 말이 들리지 않는 폭포, 아버지는 엄마를 지우고 돌아와 묻는다 애야, 내 발 어디 갔니?

신발 한 짝씩 짝짝이로 신고 두 발을 쫓는 아버지, 벨벳치마 린넨치마 옥양목치마 애야, 이거 내 엄마 거니, 네 엄마 거니? 아버지는 넓은 치마폭을 휙 휘감고 그 아래 발을 꼼지락,

강에서 잃은 검은 구두 한 짝을 찾아 현관문을 닫았다가 열었다가 애야, 강물이 다 말랐는데 내 신발은 어디 갔니? 지워졌던 엄마 얼굴이 치마 위로 도드라지며 버럭 화를 낸다 아버지 신발장에 붙어 서서 눈치를 보는 동안 짓밟힌 신발처럼 일그러진 엄마 입술에서 짝도 없는 신발들이 쏟아진다

아버지는 잠깐 사이 삼십 년을 봐버리고 차마 놓았던 치맛자락 밑으로 발을 또 들이민다 여긴 너무 따뜻해

둔치도

두 발로 딛는 대신 둔부로 걸터앉았다

알락도요*가 한 발로 눌러 논의 수면을 장악하듯이
검지 하나로 까딱, 카메라 파인더에 마도요**를 잡아넣
듯이
그렇게 하나면 족하다

강아지풀도 노란 갓꽃도 두 발을 쓰지 못하니
이 섬에 사는 모든 것은 둔치다

논물에 찍힌 먼산의 입술이
꽃 핀 둔치를 쓰윽 밀어내고
쩍 갈라진 논두렁만 덥석 물고 있다

어디엔가 발을 내리고
또 배설하고
한꺼번에 쓸어버리는 변기에 걸터앉듯이
저 둔치는
낙동강 하구에 홀로 섬으로 걸쳐져 있다

섬에서는 불빛이 너무 멀어
저 건너편이 다 섬이지만

두 발 번쩍 들고 둔부로 버티며
홀로 시위하는 섬이 있다

*, ** 도욧과의 새.

비스킷 속에서

좀 깨진, 눅눅한, 먹다 남겨둔
비스킷에 몰리는 개미들처럼 그렇게
모로코의 카르타고 유적지, 그 말발굽 문으로 들어간다
더러는 아이를 유산시킨다는 유도화 앞에서 사진을 찍고
더러는 흔적만 남은 무덤 위에서 발을 굴리며 놀고
또 더러는 브레그레그 강으로 통한다는
그 은밀한 연못 속으로 동전을 던져넣는다
우리가 던져넣은 동전이 연못 옆 노파의 오두막이 되고
우리가 굴린 발소리에 흙이 된 뼛가루가 하늘로 날아오
르고
우리가 맡은 유도화 향기가 새로운 독기를 만들어낼 동안
개미는 쉼 없이 비스킷을 갉아댄다
우리가 있는 곳이 먹다 만 비스킷 속이라는 것을
조각조각 물고 나와 번쩍 들어 보여준다
쇠퇴한 유적지에 유도화는 여전히 무성하고
꽃으로 유산하려던 아이들은 질기게 살아남아
줄지어 나오는 개미떼를 콕콕 눌러 죽인다

2부

왼쪽 귓바퀴를 돌아가면 목련마을이 있다

폭로(暴露)

여성의 해부학적 구조를 닮은 저 폭포,
아우라지강으로 통하는 오장폭포에
더이상 물이 흐르지 않는다
폭로(瀑路) 되었다

돌이킬 수 없는 말들이 쏟아진
아픈 귀와 시끄러운 입에서
그 바닥이 드러난다

말이 지나갈 때
혀도 함께 허물을 벗었다는 소문

거미줄을 걷어낸다

좁아터진 저 수로에
폭력과 협력과 괴력이 함께 다 지나가버린
울컥한 잠적

건조해진 주름살로 꺼이꺼이 허스키 울음만 우는,
늙은 과부의 후두처럼 할말을 멈춘,
폭로(瀑路)가 활짝 열려 있다

각인

바위의 검은 순(筍)이 그의 손톱으로 옮겨졌다
그날 이후 바위는 성장을 멈췄다

사막에서 태어난 손톱은 그믐달을 새겼고
모래바람을 할퀴었다

손바닥을 겨냥한 손톱의 귀는
날마다 밤이 긁는 소리를 들었다

손톱 밑의 상처와 사막의 밤은 함께 따끔거렸지만
울음소리는 좀처럼 그의 손등을 건너가지 못했다

그의 무릎을 베고 바라보는 무진장한 별들
손톱으로 긁어낸 또랑한 별 하나가 사하라의 모래 위로
떨어진다

순간 하늘에 그어지는 그의 손톱자국
손톱의 검은 순이 다시 모래로 옮겨진다

타일 위의 양떼몰이

거품이 타일 위에서 꼬물거린다
하루의 거품은 이렇게 타일 위에서 시작된다

욕실에 들락거리는 맨발들이
거품을 이리저리 몰고 다닌다

발등에서 정강이로 오르내리는
오글거리는 거품이 없다면
내 하루는 유순할 터

거품의 수사(修辭)는 고도(高度)에 있지 않다

아틀라스산맥 사천 미터의 산능선에서
바위를 타고 오르내리는 양떼와
그 허공에는 수사가 없다

미끄러지거나 당당해지는
고삐 없는 유목의 방식에는 거품이 없다

종일 거품 물고 앞발질 뒷발질한 내 발을 내려다보며
발등 위로 미끄러지는 거품을 헹궜으니
이제 말에서도 거품을 뺀다
타일 위의 거품은 양떼가 아니다

어둠이 까마귀떼로 찢어져 사라지듯
하루의 거품이 타일 위에서 빠져나간다

병(瓶)의 세계에 관한 연금술사의 과대망상

어미가 연금술사가 되는 과정을 알기 전이니
이 병으로 온전한 돌을 잉태할 수 없다

그 어떤 돌도 이 병을 선택하지 않았으므로
생식에 관한 한 병은 돌의 선택 너머에 있다

출산과 육아에 관한 책은 많았고
병은 주둥이를 열어젖혔지만
돌의 문양과 크기는 달랐다

돌의 출산에 알맞은 병을 얻는 건 기적에 가깝다
보폭을 가늠할 수 없는 병 속의 계단과도 무관하게
병목현상은 곳곳에서 일어났다

병에 들어가는 것만큼 실험적인 운명은 없다
돌이 선택한 병의 세계는
출렁이며 건너가거나 터널로 통하는
사통팔달

아시아를 넘어 유럽
태평양을 건너 아메리카
병의 실험 속에 떠다니는 대륙들

돌로 금을 만드는 건
병의 세계에서 흔히 있는 일은 아니지만
어미의 꿈은 여전히 연금술사가 되는 것

캔디 부스 열람실

나는 지금 섬을 고르는 중입니다
진열대에 놓인 알록달록한 캔디 앞에 선
네 살짜리 꼬마가 되어
달콤한 허니문의 제주도를 지나
가면 돌아올 수 없을 마라도를 지나
꽹과리를 들고 가야 할 독도를 지나
우이독경, 우이도의 소귀도 당겨봅니다
섬은 네 개의 발을 달고 달려왔다가
수백 개의 깃털을 달고 공중으로 둥둥 떠다니다가
하나씩 내 앞에 와서 긴 혀를 널름거립니다.
수천 개의 손가락과 수만 개의 발가락을 꼼지락거리며
또 한번 캔디 부스가 떠나갑니다
꼬마 손바닥 위에 올려진 동전만한 두근거림으로
떠돌이 섬에 발 하나씩 올려봅니다
징검, 징검, 발을 옮길 때마다
살얼음판 도서관에 금이 가기 시작합니다
까만 머리가 둥둥 떠 있는 열람실에서
그가 문득 얼굴을 쳐듭니다
그 먼 섬을 향해
가방부터 먼저 휙 내던지며,
그 자리가 내 자리냐?

기막힌 공전

초승달이 도시를 공전하고
자전거가 운동장을 공전하고
아빠가 아이를 공전한다

모두 중심을 놓지 못한다

"버리지 않으면 느끼지 못한다"
니체의 말이 전광판을 공전하고
나는 전광판의 붉은 글씨를 공전한다

아이의 하얀 원피스가 나풀거리며 날아다니고
아빠는 아이 주위를 빙빙 돌며 운동한다
자전거는 부녀간의 간격을 돌고
초승달은 너머의 산을 돈다

돌고 돌다가
산은 달을 버리고
꼬마는 아빠를 버리고
자전거는 운동장을 버리고
니체의 말은 나를 버린다

중심이 빠진
기막힌 공전이다

039

파도에 관한 언론학적 보고

버스가 충돌하는 소리
비행기가 추락하는 소리

밤 파도는 거대한 기계 작동음으로 철거덕거려서
아침이면 그 소리는 윤전기까지 돌려서
퍼 터진 사건들을 모래밭에 뿌린다
물만 가득 담긴 조개껍데기,
원시적 채집 혹은 취재

빈 곳이 많아서
파도 소리는 이렇게 꽉 차는 것
글자판으로 가득 메우는 것

저 소리는 어디 한군데를 메우는 게 아니라
한 세계의 유리판을 박살내고
쳐들어오는 것!

쳐들어오기 위해
대포를 만들고 폭탄을 만들고
폭음을 숨겨놓는 곳

저 어디 바닥에서 올라오는
와와와와 구호가 들끓는 슬픈 기계 소리

방파제 밑으로 슬그머니 빠져나가
파도에 섞여버리는 소리 소리들

차창에 매달린 자작나무 숲

속수무책의 어미들이여, 저 자작나무에 매달려라
그 말이 흘린 두 그루 자작, 자작,
젊은 어미 부고 받고 가던 날도
자작자작 흔들리기만 하던,

차 안으로 와와 밀고 들어오는 소음이
엉겨붙었다가 흘러내리고
흐르다가 굳으면서
차창은 또 흔들리기 시작한다

네가 어미거든 저 자작나무에 목을 매라
그 말이 키운 열 그루 스무 그루
자작나무는 숲을 이룬다

길을 휘었다가
다시 펴는 자작
자작 숲이 가만히 그늘 앞에 멈춘다

한숨의 굴뚝은 저렇게 뾰족한 입이거나
두 그루 눈물이다

소리 탄환이 뚫은 길

가로등이 하늘을 휘어서
평면이던 하늘이 입체가 될 때

저 곳곳의 마이크 시스템들이 작동하면서
감겨 있던 눈 속으로 터널이 뚫린다
빛의 괄약근이 붉은 사이렌을 깜빡인다

소리가 허공 구멍을 비집고
내 귀를 조준할 동안
수도 없이 꿈틀거릴 허공 근육들
저 관(管)과 관들을 다 묻어서
공중은 소리의 공동묘지

좁은 터널이 터지도록 달려서
네 목소리가 내게로 왔다
구름 갈비뼈 속에 갇혀도
결국은 터져서 저기 달 가듯이

소리의 길이 열렸다가 흔적 없이 닫히는 순간
나는 다시 평면으로 돌아간다

울창한 우울

우울한 아이를 위하여 물구나무서는 어미가 있다 배꼽을
다 내보이는 어미가 있다 발목을 접질린 어미가 있다 생피
를 쏟는 어미가 있다 우울은 울창한 비, 우물을 들여다보면
머리카락이 보이는 비, 혼령이 망령에게 말 걸게 하는 비,

빗줄기를 자르면 자꾸 생기는 우울의 꼬리, 우울의 꼬리
를 잡으려다가 우울에게 꼬리를 물린 어미가 있다 고층 아
파트 하나 남은 불빛처럼, 바깥을 내다봐도 자신만 보이는
밤의 유리창처럼

우울은 허밍, 울창한 빗물, 우울이라는 깔때기에 걸린, 할
딱 뒤집어진 우산 속으로 쥐똥나무 이파리들이 몰려든다 벌
레처럼 서로 머리를 맞댄다 공격과 방어가 뒤엉킨다 아이
정수리로 들어와서 어미의 목으로 비껴나간다

정수리에도 목에도 꿈틀대는 다족류들, 고독을 가지고도
고도를 가진 우울이 거적처럼 그 위를 덮고 또 지나간다 쥐
와, 쥐똥과, 쥐똥나무가 울창해진다

커튼콜

붙잡아둘 수 없는 게 있었네
자전거가 은행나무를 놓아주었고
지느러미가 물살을 풀어주었네
아이가 여가수가 될 동안
노래는 전염병을 놓아주었고
예언이 무대를 떠나가는 게 보였네
나는 쇳소리를 내며 붙잡았지만
곡조는 뾰족이 흘러갔네
새벽은 반드시 돌아오고
모든 것을 붙잡는 시간이 오고야 말았네
어깨를 흔들던 울음도 붙잡혀 있네
아이가 가져가고 남은 것을 뒤적거려서
쓸 만한 것을 찾아보았네
눕히면 눈을 감는 인형 하나
땅을 흔들어 깨우며
반짝 눈을 뜨네
나는 비슷하게 울 줄은 알기에
무대가 정해주는 자리에 오뚝 앉았네
눈은 떴지만 수도 없이 깜빡거렸네
그렇게 붙잡아둘 수 있는 게 없었네

당신이라는 잠

당신은 아주 깊은 잠에 빠졌고
나는 그 잠이 부풀려놓은 공갈빵 속으로 들어가려 안달
한다
당신은 하루를 어디서 묶는지
나는 별것 아닌 것에도
당신 것이라는 이유로 매듭이 된 별을 쳐다보며 공갈빵
을 부숴 먹는다
버튼홀 스티치,
그것은 단춧구멍보다 별이 우선인 자수법
바늘로 매듭을 짓는 기법이지만 사실
뾰족한 마음들을 이 별 저 별로 옮겨놓고 있다
내가 버튼홀 스티치로 또박또박 수놓을 때
당신은 연습 삼아 한 번씩 드나드는 단추처럼
고개를 이리저리 돌려도 본다
당신 입이 아무리 크다지만 공갈빵이 한입에 냉큼 들어
가진 않는다
가도 가도 당신은 내 수틀 안에서 기웃거리고
천이 만든 빠끔한 별들만
바늘을 기다리고 있다
나는 콕, 또 콕, 당신의 꿈을 찔러본다
공갈빵이 한꺼번에 빵, 터질 때까지

황무지가 되게 하는 조건

풀과 돌의 관계는 비대칭적일 것
사람과 흙의 관계는 역설적일 것
하늘과 산의 관계는 상호보완적일 것
나와 당신의 관계는 불가분일 것
그래도 찾는 것이 있다면 그건 황무지가 되는 것

모로코 중남부 도시 우아르자자테라는 지명에서
놀라울 정도의 팽창력으로 터져나오는 곤충 소리는
아무것도 없는, 혹은 아무것도 아니라는 의미의
우아르자자테라는 지명이 준 추억

네모난 당신 엽서에서 터져나오는
우아르자자테의 햇살과 이 땅의 매미 울음에
비슷한 모가지가 있듯이
내가 처한 이 황무지에도
유사한 폭발의 힘이 내재되어 있다
아무것도 없는, 혹은 아무것도 아닌,

악마의 눈물이라는 더치커피

2초에 한 방울씩 떨어지는 커피가 있다
세 번 실망하고, 단 한 번에 만사(萬事)가 되는 무덤이 있다
떨어질 동안 다섯 번 멈추는 공중이 있다
그것을 뜸들인다고 말하다가
밥을 먹지 못한 저녁이 있다
귀와 귀가 잘 엮여서
세상에서 가장 오래 듣는 말을 만든다
똑, 똑,
검지의 두번째 마디와 세번째 마디 사이
침묵보다 끊기 어려운 당신의 눈물

바퀴 소문

이러한 봄날이었다
내가 그를 찾아 나선 것은

왼쪽 귓바퀴를 따라가면 목련마을이 있고
오른쪽 귓바퀴를 돌아가면 막다른 산길이다
그가 일으키고 간 모래먼지가 다시 길이 되어 조용해졌
을 때
그의 바퀏자국 위에 내 바퀴는 헛돌았고
그가 데리고 간 불가피는 땅의 생기를 휘몰아 꺾었다

햇빛이 봄의 목구멍으로 차오르는 들판
덩그러니 놓인 그의 자동차 문은 잠겨 있다

탱자나무 가시는 박제된 표범의 이빨이다
아무리 으르렁거려도 그는 보이지 않는다
개 짖는 소리만 따라온다

따라오지 마라 따라오지 마라
보름달 볼통이 빠져나간
그의 음성이 내 귓바퀴를 끌고 다닌다

육친과 육류 사이

육필 원고 청탁서를 받고
모처럼 만년필로 시를 옮겼다

언제 묻었는지 퍼런 핏줄의 잉크가 손에 번져 있다

육필이라는 말의 피맛과 피냄새처럼
다정하면서도 섬뜩한

육(肉)! 이란 놈은
몸, 피, 살을 모두 포함하는데

문득 떠오른 두 낱말 육친과 육류
육친에는 피맛이 나고 육류에는 살맛이 난다

피맛은 맛보다는 농도가 우선이고
살맛은 맛이 우선이다

이 육덩어리는 어디에 달라붙느냐에 따라
악성도 되고 양성도 된다

열여덟 딸은 꼭 악성종양 같다던 누군가의 말에
나는 내 딸의 과육(果肉)을 와작,

씹다가 혀를 깨문다
피맛인지 살맛인지 모를 과육의 맛

피와 살과 과육
그 어느 것도 뱉어버릴 수 없어

피맛과 살맛이 뒤섞인 과육을
꿀꺽, 삼킨다

그건 됐구요, 고래고래 잡으러

현관문을 잠그고 중문을 닫고 방문도 꼭 닫는다
목소리가 빠져나가지 않는 가두리 양식장에
엄마와 딸의 고래고래

짧은 교복 치마 밑으로 불쑥 기어나오는 고래와
고래고래 박자도 못 맞추는 고래

처음부터 미끄덩 잡히지 않는 딸과
애초에 손이 없는 돌고래 엄마

옆방 아들은 이어폰 끼고 나왔다가
고래고래를 지나
긴 바게트 하나 물고 다시 들어가고

두 고래는 입을 크게 벌려 서로 잡아먹을 듯이 고래고래
목구멍을 뚫고 올라오는
고래를 보여주려 서로 안간힘 안간힘

엄마는 끌고 딸은 당기고
어두컴컴한 방이 고래 비린내로 가득차는 줄 모르고

그것이 중앙집중식 난방의 불고래 속인 줄도 모르고,
뜨끈뜨끈하게,

그래서 나는 퉁명이라는 금붕어를 키우기로 했다

당신은 키가 크니까
저 창문 좀 열어주세요
그녀의 노크 소리는
매일 똑같은 소설 문장이다

내 창문은 하늘이 찰랑거리는 상자예요

창문을 열어줄 때마다
올 나간 방충망 같은 그녀 눈동자로
거미가 들락거린다

깡마른 그녀 방에는 기포 발생기가 잠겨 있다
오픈 누드 수조지만 호흡이 가팔라진다

그녀가 종일 칭얼칭얼 요구하는
이 수조에는
퉁명이라는 동공을 가진 금붕어가 필요하다

3부

이제 당신 집으로 돌아가요

하관(下棺)

아버지께 업혀왔는데
내려보니 안개였어요

아버지 왜 그렇게 쉽게 풀어지세요
벼랑을 감추시면
저는 어디로 떨어집니까

부력이 없네

아버지 눈에는 물이 많아져서 절대 눈물을 흘리지 않으
시네
수련잎들이 초록 아가리를 벌리고 워석워석 못물을 씹어
먹을 적에
아버지 노란 눈동자 위에 수련꽃 한 쌍 틔우셨네
아버지, 눈 깜빡여보세요, 그렇게 불을 켜고 계시면 내 동
공이 아프잖아요
아버지는 대답 대신 내 오른손 안에 잡혀 있던 왼손을 빼
내시네
수련잎처럼 걷지도 못하면서 워적워적 물 밖으로 걸어나
가시려 하네
물을 베려다 제 가슴 한쪽 스윽 베인 수련잎들이
온 힘을 다해 수면을 밀어내고 있네
아버지가 완강히 나를 밀어내는 손바닥처럼
한 송이 수련이 이 지긋지긋한 고요를 벗어날 수 있게
징검징검 돌다리가 되어주기로 하네
아버지가 한 발짝 한 발짝 고요를 떠나갈 때
수련잎 한 장이 내 한쪽 폐에 찰싹 달라붙네 숨이 턱 막
히네
아버지와 나 사이엔 부력이 없네

아버지의 귀 거래사

아버지는 귀를 먼저 지우셨다

기억과 거래하는 족족 두 귀는 몸에서 떨어져나와
기웃기웃 날아서 반백 년을 도로 넘어갔다, 가버렸다

사라진 귀들,
고흐의 귀가 그랬고 윤두서의 귀가 그랬다
귀만 먼저 날아 먼 세기로 넘어가버렸다

귓바퀴만 남아 헛바퀴를 돌릴 동안
귀가 없어진 아버지의 눈은 까무룩해졌다

아버지는 중년의 딸도 잊고
두런두런 탄식이 풍덩, 수련으로 피어오르는 연못만 바
라본다

수련과 연꽃이 구분도 없이 흐드러진
아버지의 동공을 흔들어보지만

좀처럼 오십 년은 돌아오지 않고
아버지는 지루한 하품을 한다

덩달아 후두를 활짝 여는 수련잎

연못의 푸른 동공이 휘둥그레진다

연못은 아무래도 저 눈을 먼저 지울 모양이다

벌침

머리와 가슴 위로 파도가 지나간다
벌린 아가리만큼 하늘이 꽉 물리는 비명

어깨에 꽂힌 침이 꼿꼿해질 때
아버지 동공이 내 눈꺼풀을 밀고 들어온다
동공이 사라진 아버지의 풀린 눈

파도의 강약은 어디론가 나를 떠메고 간다

네팔의 바그마티 강,
붉은 보자기에 묶인 내 몸이
물위로 혹은 물속으로 넘실댄다
내 귀에 이렇게 물이 꽉 들어차다니

아버지의 동공은 마냥 맑아지고
내 동공은 더욱 붉어진다
침대가 뱃머리를 틀 때
미지근히 끓어오르던 진혼곡

아버지 하얗게 여윈 다리가
빨랫방망이처럼 먼저 떠내려간다
겨우 한 보따리 채운 내 몸이 기우뚱거리며 따라간다

수장(水葬)에나 따라올 법한 저 강물 소리
아버지의 욕창이
영혼처럼 내게 들어와 번진다
독이 퍼져 나는 더욱 맑어진다

간병인의 귀는 발바닥 귀

귓바퀴가 없는 저 맨발,
아까부터 번쩍 들렸다 놓였다 한다
저 평발의 귀는 의식불명의 여인을 닮아
가락가락이 철벽이다

간병인이 그녀의 두 팔을 주무르며
철썩철썩 자극을 줄 때마다
귀는 더욱 쫑긋해져서
바닥을 짚어온 그 면면을 술깃하게 한다

종일 몸속을 순환하던 소리의 정맥이
귓바닥까지 다녀가지만
여인은 여전히 묵묵부답, 땅바닥으로 가라앉으려고만 한다

발바닥 귀로 들리는 그녀의 전생(全生)을 어깨에 걸치고
간병인은 온몸을 그녀 쪽으로 기울인다

몸뚱아리 전체가 오그라져 거대한 귀가 되어가는 그녀를
자꾸 이 땅의 면상에 일으켜세우려 한다

어성초(語成草)

아버지와 나 사이에 있는 팔걸이의자 같은
풍경과 풍경 사이엔 접속부사가 없다
열차는 한 문장으로 인연을 쓴다
고철 더미에 잠깐 얼굴을 포개시는 아버지
어성초(語成草)밭을 지나며 모처럼 웃으신다
풍경의 길이는 이미 미터를 벗어나 있고
아버지 어린 말씀은 킬로미터 속으로 기어간다
열차는 힘을 받아 벡터로 나아가고
한 량의 말(言語)이 몇 개의 객차를 끌고 가서
아버지의 성대는 쉼 없이 떨린다
혀짤배기소리로 덜컹이는 열차를 꽉 붙잡고
아버지는 이제 온몸을 떠신다
킬로미터가 미터로 풍경을 짧게 말할 때
아버지는 잠깐 창밖을 본다
어성초(魚腥草)밭이 더 길게 키를 늘인다
치매의 아버지 그제야 찡그리신다

월경

후생에는
내 곁에 와서 살고 싶다던
그녀가 죽었다
낙타 속눈썹 위를 타박타박 걸어서
한 달에 딱 한 번 찾아오던 그녀
다음달에 선물로 주겠다던
귀걸이를 달랑거리며
두 다리 사이의 보풀같이 떴다가 졌다
오늘 하루 태양은
그녀의 궤적을 따라 돌았다
예견된 죽음이었지만
서러운 불임이었다
추락 절차는
감시 카메라가 되돌렸고
장례 절차는
감시 카메라가 돌아가는 가운데 진행되었다
대낮에 켜져 있는 키 큰 가로등처럼
나는 도드라지지도 않는 목소리로 울었다
귀가 커져서 눈꺼풀이 조용해진 오후
궤적 잃은 태양이 철커덕 닿았던 그 자리에서
그녀의 귀걸이 한 짝
내게 붉은 신호를 보내온다

모래시계

저 나무의 반은 비웠구요
저 나무의 반은 채웠어요
비운 건 겨울나무 가지 같은 통장이었고
채운 건 허리쯤까지 차오르는 빚이었죠
한 그루 나무에서 뻗어나온
욕망과 배짱으로 채운 꽃가지는
한 편의 영화였죠
하드핑크로 꽃잎을 물들이고
로맨틱 코미디라는 장르를 뒤적거려 잎을 채워도
여전히 스크린은 어두워요
반은 벗고 반은 채워야죠, 라고 자신 있게 말하는 저 나무
거기서 바라보는 한은
모래가 다 빠질걸요
속삭이는 모래바람에 한 시절이 너무 애절해지지 않도록
빚은 더욱 풍성해졌어요
이제 저 나무에 이어
내 몸에서 모래가 다 빠질 차례라구요

색전술이라는, 색 쓰는 암 치료법

내가 끄는 병명에 네가 올라타겠다고?
그럼 팔려가는 당나귀잖아
너와 내가 다 탈 수도 없고
너만 타고 나는 내릴 수 없고
그렇다고 그 병의 주둥이와 펑퍼짐한 엉덩이를 묶어
너 한 어깨, 나 한 어깨 짊어지고 갈 수도 없지
함부로 굴리면 깨질 몸이란 걸,
그 속에 울리는 공명이 말해주는 걸
저토록 껍질이 쓰는 색(色)에 농락당한
네가 내 병명에 올라타는 이유는?

묵언정진

1
나무 밑동에 은근한 잉걸불 있다
그렇지 않고서는 저렇게 서서히 끓어오를 수 없다
뚜껑을 닫고 끓이는 관이 긴 물주전자
깊이 우려져 김이 솟는다
폭발하는 하얀 꽃, 묵언정진이다

2
꽃이 지자 거짓말처럼 새잎이 났다
뚜껑을 열어 식히는 물주전자
초록 잡내가 흥건하다
내 눈이 닿아서 이제 할말이 없어졌다
수염뿌리가 한 뼘은 길어졌겠다

꽃씨의 발바닥

꽃씨를 심은 지 보름이 지났는데
새싹은 머리카락 한 올 보여주지 않는다
측근이 전하는 말,
꽃씨에겐 땅속 동면이 필요하다는 것
마치 죽은 듯이 꼼짝 않던 전복이
꿈틀, 제 몸의 이미지를 전복하듯이
제 발바닥을 한번 쓰윽 만져본다는 것
발바닥이 꽝꽝 언 수행을 겪고서야
세상 밖으로 걸어나올 수 있다는 것
내가 슬리퍼를 질질 끌고
꽃밭으로 걸어나와
쿵쿵, 타닥타닥, 발소리로 흔들어도
좀처럼 나오지 않는 것들
헐렁한 슬리퍼 사이로 손 넣어
흙 묻은 찬 발바닥 슬쩍 쓸어본다
죽은 척하는 것들끼리의
은밀한 교신

라스코 동굴의 기억

굴러떨어지는 꿈이었다
계단 끝까지 올라가도 나가는 문이 없었다
돌아설 수도 없었다
끝까지 왔다고 생각했는데
단지 시작일 뿐이었다
통로를 찾느라 오르내렸던 지하 계단 모퉁이마다
조막손을 가진 선인장이 자랐다
두려운 것은 쩌르는 가시가 아니었다
손가락나무처럼 거꾸로 박혀
나는 한때 너였노라, 관(棺) 속의 글자처럼
나를 증명하는 것이었다
나와 구분 짓는 것으로
벽은 할말을 다한 것이었으므로
그 벽엔 문이 없었다
마당엔 짖어주는 개도 없었다
마당 구석 팟대 올린 쇠비름처럼
모퉁이에 던져진 돌멩이만큼 입 벌려
나는 자꾸 소리를 질러댔다
고함은 새나가지 않고
강아지풀만 맥없이 말라갔다
하룻밤의 시간이 나무토막처럼 굳어 있는
내가 서 있는 곳은 모래산이었다

오픈 유어 아이즈

어둠은 주먹이 단단하여
불로 지져야만 겨우 손가락 하나씩을 펴 보이는데
서쪽 창가에 앉은 여자는
다 타버린 노을처럼 얼굴이 없다
새벽을 몰고 나간 남자는 돌아올 생각도 않고
아이들 돌아올 시간도 아직 멀다
창은 벽이 되어
유년과 청년과 장년이 뒤섞인 영상이 돌아가고
무성영화의 몸 없는 말이 귀에 왕왕댄다
오픈 유어 아이즈
귀에서 눈으로
장년에서 유년으로
오른쪽에서 왼쪽으로 흐르는 영상들
밤에는 터널 속이 더 환해요,
터널 같은 눈을 뜨는 여자
어둠의 관성은 저 눈꺼풀에 있다

톱니 몇 줄

벌목장의 그 나무,

그 밑동에 톱날을 썰던 당신은
허벅지의 통증만을 느낀 게 아니었을 것이다

쩍쩍 갈라진 나이테가 롤빵처럼 풀어지지 않도록
톱질의 완급을 조절했을 것이다

이를 깨물고 악물어 박은
그 말씀만으로 마침내
노거수의 아름드리 밑동을
베어내곤 했을 것이다

이제는 늙어 수전증이 심한 아버지가
딸아, 덜덜덜 떨며 써 보낸 편지, 아

그

톱니 몇 줄

내가 아버지의 첫사랑이었을 때

아버지는 다섯 딸 중
나를 먼저 지우셨다

아버지께 나는 이름도 못 익힌 산열매

대충 보고 지나칠 때도 있었고
아주 유심히 들여다볼 때도 있었다

지나칠 때보다
유심히 눌러볼 때 더 붉은 피가 났다

씨가 굵은 열매처럼 허연 고름을 불룩 터뜨리며
아버지보다 내가 곱절 아팠다

아버지의 실실한 미소는 행복해 보였지만
아버지의 파란 동공 속에서 나는 파르르 떠는 첫 연인

내게 전에 없이 따뜻한 손 내밀며
당신, 이제 당신 집으로 돌아가요, 라고 짧게 결별을 알
릴 때

나는 가장 쓸쓸한 애인이 되어

내가 딸이었을 때의 미소를 버리고
아버지 연인이었던 눈길로

아버지 마지막 손을 놓는다

나리꽃

여덟 살 때 나리꽃 화신을 본 적 있다

바위 뒤에 숨어서
긴 머리카락으로 맨몸을 가리고 있던 나리꽃

내려다보이는 사거리 바보식당을 가리키며
옷가방을 갖다달라던
암술이 긴 속눈썹

손에 꼭 쥐여주던 쪽지도 나는 계곡으로 던져버리고
뒤도 돌아보지 않고 달음박질쳤는데
그 쪽지는 급물살 타고 아득히 멀어져갔는데

사십 년이나 지난 지금까지도
옷을 달라고 속눈썹 깜빡이는 여자

그 바위 뒤에서 벌거벗은 채
마흔 번의 겨울을 어찌 다 견뎠는지

늙지도, 죽지도 않고
그 붉은 루주도 닦지 않고

주근깨 몇 개 가만히

붉은 입술에 섬처럼 떠올라 초조한

내가 처음 본 여자의 몸, 나리꽃 화신

느린 우체통

아버지는 줄기부터 타들어가는 꽃

꽃의 입으로 말할 동안
두 송이는 네 송이가 되고
네 송이는 여덟 송이가 되는 오월의 장미

아버지가 걷지 못하는 장미를 피울 동안에는
길을 꿰고 있는 집엔 들르지 않았다

터널도 길이라고 꽃 없이 말하던 어린 내 습관처럼
부챗살 오기가 줄기를 꺾던 시절이었다

꽃으로 말하는 습관 때문에
도무지 그런 길을 묻지 않던 낮은 담장 너머로
이제 아버지 줄기가 깜빡깜빡 존다

그 시절 다 거쳐 핀 장미를 꺾어
기면증의 아버지 병실에 꽂는다

서로 먼 사과

차창을 열고 들어온 나비 한 마리
방금 탄 두 노인의 입김 사이에서 나풀거린다
입김은 통꽃이어서
나비는 이리저리 발을 옮기지 못한다
그 짧은 꽃대 위에 발을 내리지도 못한다
한 백 년은 더 살 것같이 걸쭉한 말들
발도 없는 말들
입술이 남긴 것은 사과 꼭지뿐이었기에
두 노인은 서로 마주보며 입술을 씰룩거린다
자갈을 문 강의 입술이 차창을 훑고 지나간다
너무 오래 끌고 가서
차창 밖에는 사과 꽃 진다

스프링 노트

아버지 온몸을 접으니 두 페이지다

누일 때도 아파했고 일으킬 때도 아파했지만
내가 속옷을 올려줄 때는 더 모른 척 아픈,

책갈피처럼 접힐 때 내보이는
그 한 부분의 몸의 이력부터
아버지는 여든여섯 해를
두 페이지로 요약했다

꼬깃꼬깃 환자복 호주머니에서 나온 쪽지

생의 이력은 간단했지만
스프링 노트 찢긴 자리는 간단치 않다

도대체 침묵하는 저 두꺼운 노트
빠져나간 페이지를 알 수 없는,

저 산 간다 저 산 잡아라

겨울 산에 걸쳐져 있는
딱딱한 시멘트 계단
누가 저 비쩍 마른 산에 안장을 얹어놓았나

안장만 얹어놓고 주인은 없다

혼자 뚜벅뚜벅
저 산 간다 저 산 잡아라

저만치 말이 달아나버린 도시에는
온통 안장만 수북하다

지하철 입구에 거꾸로 처박히거나
허공중에 덩그렁 놓이기도 한다

잠깐 멈췄다가 또 저 산 달아난다
저 산 간다 저 산 잡아라

말잔등이 움찔거릴 때마다
툭툭 떨어져 계단이 되는
저 각질들

発文

귀로 틔우는 소통의 씨앗들
박형준(시인, 동국대 교수)

천수호의 두번째 시집을 읽다가 대상을 인간이 기억하는 것이 아니라 대상이 인간을 기억한다는 생각이 들었다. 다이앤 애커먼이 쓴 『감각의 박물학』(작가정신, 2004)을 보면 다음과 같은 문장이 나온다. "시적인 언어로 말하면, 나무는 기억한다." 인간의 손으로 빚은 최고의 현악기라 칭송되는 악기 스트라디바리우스에 대한 설명 중에 나온 말이다. 그에 따르면 훌륭한 바이올리니스트가 오랫동안 연주해온 바이올린 소리는 점점 아름다운, 쉰 듯한 소리로 변해가면서 결국 그 아름다운 소리를 내부에 담게 된다고 한다. 나는 천수호의 이번 시집에서 거장들이 연주한 서정적인 음률을 나무가 간직하려고 하는 것처럼 존재들의 기억을 담고 있는 감동적인 귀의 시학과 만난다.

천수호는 보이는 대상이 아니라 들리는 사물의 기척들을 엮어서 이번에 한 권의 시집으로 묶고 있다. 그의 첫 시집 『아주 붉은 현기증』(민음사, 2009)이 변두리에 있는 "오도카니 있는 존재들"을 "겹눈으로 보는 시각의 오랜 습관"(「빨간 잠」)으로 접근하는 투시의 상상력을 보여주었다면, 이번 시집은 세상의 귀들을 엮어낸 투청의 상상력이 화음을 빚어내고 있다. 그가 첫 시집에서 쓸쓸하게 버려진 소외된 사물과 존재 들을 하나의 시선이 아니라 겹눈의 시각으로 투시하면서 다채로운 시각적 감각을 보여주는 데 반해 이번 시집에서는 사물과 인간 존재 들이 쉼 없이 지르는 소리들에서 그들이 지니고 있는 '맑은 음색'을 골라내는 투청력으로 나와 세계 사이에 소통의 길을 모색하고 있다. 발전과 새로움만이 목표가 되면서 현대문명은 개인의 체험과는 직접적인 관련을 맺지 않는 시각 위주의 사회가 되고 있다. 반면 소리의 세계는 듣는 사람에게 여전히 직접적으로 개인적인 의미를 던진다. 다음의 시가 그걸 말해준다.

> 갓 결혼한 신부가 처음 여보, 라고 부르는 것처럼
> 길이 없어 보이는 곳에서 불쑥 봉분 하나 나타난다
> 인기척이다
>
> ─「인기척」 부분

두번째 시집의 서시에 해당하는 위 시에서 천수호는 죽은 자의 기억을 사람이 아니라 "봉분"이 기억하고 있다고 말한다. "길이 없어 보이는 곳에서 불쑥" 나타난 봉분 하나가 "새 신부 적 여보"라고 내게 말을 건네는 순간 그것은 "인기척"이 된다. 사람이 내는 기척이 아니라 고립된 사물인 "봉분"이 내는 인기척. 사물에게서, 죽음에게서 인기척을 느낀다는 것. 그것도 길 끝에서 불쑥 나타난 봉분에게서 "갓 결혼한 신부가 처음 여보, 라고 부르는" 그런 신선하면서도 부끄러운 말소리를 듣는다는 것. 사물의 말 건넴에 의해 내게 죽음이 다시 순결한 어느 순간으로 되살아나고 기억된다면, 그런 소리는 얼마나 촉각적인가. 청각은 어느 정도의 거리를 두고 접촉하는 방식이지만, 우리가 무언가 특별한 것을 공유할 때는 청각 안에 잠재된 촉각적인 감각이 발생한다. 위 시에서도 봉분의 말소리가 간직하고 있는 촉각적인 감각으로 인해 나와 봉분 사이에 친밀한 일체감이 생기고, 시인은 그것을 "인기척"이라고 표현하고 있는 것이다. 천수호의 시에서는 이러한 청각이 내재하고 있는 촉각적 감각이 나와 세계를 잇는 소통에 대한 사유로 연결된다:

여덟 살 때 나리꽃 화신을 본 적 있다

바위 뒤에 숨어서
긴 머리카락으로 맨몸을 가리고 있던 나리꽃

내려다보이는 사거리 바보식당을 가리키며
옷가방을 갖다달라던
암술이 긴 속눈썹

손에 꼭 쥐여주던 쪽지도 나는 계곡으로 던져버리고
뒤도 돌아보지 않고 달음박질쳤는데
그 쪽지는 급물살 타고 아득히 멀어져갔는데

사십 년이나 지난 지금까지도
옷을 달라고 속눈썹 깜빡이는 여자

그 바위 뒤에서 벌거벗은 채
마흔 번의 겨울을 어찌 다 견뎠는지

늙지도, 죽지도 않고
그 붉은 루주도 닦지 않고

주근깨 몇 개 가만히
붉은 입술에 섬처럼 떠올라 초조한

내가 처음 본 여자의 몸, 나리꽃 화신
　　　　　　　　　　　　—「나리꽃」 전문

　어떤 풍경은 사람의 마음에 일생을 두고 맺혀 있어서 그
것이 한 인간의 마음속에서 샘이 되는 경우가 있다. 샘이 그
러하듯, 이런 풍경은 일견 정적인 듯 보이나 끊임없이 무언
가가 그 안에서 생성되는 특징을 가지고 있다.
　나는 이 시에 얽힌 이야기를 천 시인으로부터 들은 적이
있다. 소개하면 다음과 같다. 천 시인이 여덟 살이던 무렵이
다. 그 여덟 살은 대구 수성못 뒤편의 산을 자주 올랐다고 한
다. 언덕에 나리꽃이 많이 피었는데 초등학교 2학년 소녀는
그 꽃을 좋아했다고 한다. 아마 손톱에 나리꽃물을 들이려
고 그랬던 모양이다. 그날도 소녀는 산언덕에 피어 있는 나
리꽃을 꺾으러 언덕으로 다가가는데, 그 언덕 너머 바위 뒤

에서 맨몸의 처녀가 손짓하며 부르는 소리를 들었다. 처녀
는 언덕 아래로 내려다보이는 식당에서 옷가방을 가져다달
라면서 그 여덟 살의 소녀에게 쪽지까지 손에 꼭 쥐여주었
다고 한다. 천 시인은 그뒤로부터 사십 년이 흘렀어도 그 처
녀가 생생하게 떠오른다고 했다. 아마 여자는 식당에서 술
도 팔고 몸도 파는 여자였을지 모른다. 그녀가 왜 산에서 맨
몸으로 숨어 있었는지 알 수 없지만 천 시인은 사십 년이 지
난 지금도 그녀가 연민으로 떠오른다고 한다. 위의 시는 그
러한 연민이 사십 년이란 시간을 두고 비약을 통해 추억과
현재가 섬세하게 맞물리며 변해가는 과정을 밝힌다. 여름에
피는 나리꽃은 어느새 겨울의 나리꽃으로 변해 있고, 또 그
이미지도 "암술이 긴 속눈썹"의 청초한 모습에서 "붉은 루
주"를 바른 입술의 "주근깨"로 변모해 있다. 여덟 살의 소
녀는 언덕의 바위 뒤에 숨은 나신의 여자가 건네준 쪽지를
계곡에 던져버리고 "옷가방"도 가져다주지 않았지만, 그녀
가 건넨 말소리만은 사십 년이 지난 지금도 이렇게 "나리
꽃 화신"이라는 촉각적인 이미지로 각인되어 있는 것이다.

　그러나 다르게 생각해보면 위의 시는 천수호가 세계와 최
초로 불화한 기억의 풍경이라고 할 수도 있다. 나리꽃의 청
순한 이미지가 입술에 붉은 루주를 바른 발가벗은 작부의
이미지로 변모되는 것이, 여자가 소녀에게 쪽지를 손에 꼭
쥐여주었을 때 시작되었다고 볼 수 있기 때문이다. 그래서
소녀는 뒤도 돌아보지 않고 그녀로부터 도망쳤고 쪽지를 계

곡의 강물 위에 흘려보낸 것이다. 여기서 계곡의 강물 위로 떠내려가는 쪽지는 소녀에게 그녀와 맞잡은 불결한 손의 느낌을 씻어내주는 역할을 했다고 해석할 수 있다. 하지만 그 후로 사십 년이 지난 지금에도, 붉은 루주를 바른 입술로 소녀를 부르는 '소리'는 여전히 변하지 않고 있다. "사십 년이나 지난 지금까지도/ 옷을 달라고 속눈썹 깜빡이는 여자// 그 바위 뒤에서 벌거벗은 채/ 마흔 번의 겨울을 어찌 다 견뎠는지"에서 여전히 그 여자가 자신을 부르는 소리를 듣는다. 그리고 세계와 자신의 최초의 불화가 사실은 불화라기보다는 연민의 시작이었음을 보여준다.

천수호는 위의 시에서처럼 오랜 시간을 두고 사물이나 인간이 자신에게 손짓한 소리를 기억하며 외따로 떨어져 있는 존재와 자신을 연결한다. 시속 백 킬로미터의 자동차 창밖으로 손을 내밀어 "바람의 뼈"를 "오물락 조물락 만지작거리"면서 사라진 풍경을 복원해내고, 이윽고 바람의 "뼛속에 살을 키우는 저 집 안에서 들려오는/ 눈보다 더 단단히 뭉쳐지는 그 무엇의 소리"(「바람의 뼈」)를 듣는 청각과 촉각적 감각의 결합은 곧 천수호에게 세계가 연민의 대상임을 보여준다. 그래서 그는 빠르게 지나가는 자동차 창밖으로 손을 내밀어 바람의 뼈를 만지면서, 바람의 뼈가 걸쳐 있는 나뭇가지 위에서 "얼키설키 지은 까치집 하나"라는 연민의 시 발점을 제시하는 것이다. 질주하는 자동차라는 공간과 차창 밖으로 지나가는 풍경이라는 겉으로 보기엔 세계와 나의 불화라는 현상 속에서 천수호는 '바람'이라는 소리와 '뼈'라는 촉각적 감각을 결합해 "바람의 뼈"나 "바람의 살점"으로 이미지를 만들고, 소리와 그 소리가 내재하고 있는 촉각적 감각을 통해 가장 가녀리고 고독한 존재들과 일체를 이룬다. 비록 그것이 "얼키설키 지은 까치집 하나"라고 하더라도 우리가 한 시인을 통해 그런 비루한 존재와 하나가 될 수 있다면, 그것이 바로 소통으로 나아가는 작은 씨앗이 될 것이다.

첫 시집의 자서에서 천수호는 "내게 시는 연민에서 출발한 사물 이해법"이라고 한 바 있고, 그것을 시각적 이미지로 풀어내었다. 그리고 이번 두번째 시집에서는 지금까지 살펴본 바와 같이 소리와 귀의 감각을 통해 세계를 연민하면서 대상과의 소통을 모색하는 방법론을 촉각적 이미지를 통해 보여준다. 시인의 시세계는 시각에서 청각으로 변화해가는데 이는, 개인사적 측면에서 살펴보면, 6·25 전쟁에 참전했다가 포탄이 터지는 바람에 한쪽 청력을 잃은 아버지가 치매를 앓기 시작하고, 시인이 사춘기를 겪는 자신의 딸과 불화한 사건에서 비롯된다. 천수호는 한 산문에서 그 사연을 다음과 같이 밝히고 있다.

　　이번 시집의 관심사는 '소통'이다. 이것을 염두에 두다보니 자연적으로 우리 신체에서 소통의 첫 창구인 귀에 대한 생각이 많아졌다. 귀로 들은 것에 대한 질문도 많아졌다. 세상에 대한 의문과 사람에 대한 관심과 자신에 대한 끝없는 질문을 시로 표현하고 싶어진 것이다. 처음부터 아예 귀가 닫혀 있는 질문도 있고 아무리 들어도 도무지 알 수 없는 주문도 있다. 살아온 연륜에 의해서, 혹은 지금 살아가는 방법에 의해서, 또는 지금 지나고 있는 생의 한 지점의 문제에서 각기 다른 소통 부재의 고통을 겪고 있는 것이다. 전쟁을 겪으면서 귀 고막을 잃어버려 아예 소통이 막혀버린 아버지 세대와 사춘기를 겪으면서 소통의 귀를 아예 닫아버린 세대의 모습을 관찰하면서 시 속에서 끊임없이 질문을 던진다. 그것이 꽃으로 피고 비로 내리고 또 때로는 줄행랑치는 한 마리의 새가 되기도 하는 삶으로 누구나와 끊임없이 소통하는 것이다.

　　—「'피로사회'의 처방전, 그 소통의 시로 다가서다」 부분

천수호가 위의 산문에서 말한 것처럼, 현대문명에 의한 자연의 파괴보다 어떤 면에서는 자연의 소리가 사라져가는 현상이 더 심각하다고 생각되기도 한다. 자연의 훼손은 사진이나 도면 등 시각적인 도식으로 심각성을 지각할 수 있는 반면에, 사라져버린 소리는 건축가의 도면이나 지리학자가 그린 등고선 지도처럼 뚜렷하게 남을 수가 없다. 소음공해와 더불어 인간과 인간 사이의 소통 부재 역시 서로가 내는 소리를 알아듣지 못하고 느끼지 못하는 데에서 나온다. 사람은 말로만 소리를 내지 않는다. 우리가 홀로 외부의 소리가 차단된 닫힌 공간에서 완벽한 침묵 상태에 있을 때에

도 우리 몸속에서는 심장이 뛰는 소리가 들려오고 의자가 삐걱대거나 몸을 움직일 때마다 부스럭대는 소리가 들려온 다. 그렇기 때문에 외부의 소리뿐만 아니라 자신의 내면에 서 들려오는 소리에 귀를 기울여야 하며, 또한 무수하게 흘 러가는 소리들 속에서 소리를 가려듣는 능력이 절실해진다. 천수호는 이번 시집에서 그러한 투청력의 회복을 위해 전쟁 통에 한쪽 청력을 잃은데다가 이제는 치매를 앓는 아버지와 사춘기 딸이라는 가장 가까이에 있는 가족을 대상으로 하여 '귀의 문제'를 천착한다.

아버지는 귀를 먼저 지우셨다

기억과 거래하는 족족 두 귀는 몸에서 떨어져나와 기웃기웃 날아서 반백 년을 도로 넘어갔다, 가버렸다

사라진 귀들,
고흐의 귀가 그랬고 윤두서의 귀가 그랬다
귀만 먼저 날아 먼 세기로 넘어가버렸다

귓바퀴만 남아 헛바퀴를 돌릴 동안
귀가 없어진 아버지의 눈은 까무룩해졌다
                          —「아버지의 귀 거래사」 부분

아버지는 다섯 딸 중
나를 먼저 지우셨다

아버지께 나는 이름도 못 익힌 산열매

대충 보고 지나칠 때도 있었고
아주 유심히 들여다볼 때도 있었다

지나칠 때보다
유심히 눌러볼 때 더 붉은 피가 났다

씨가 굵은 열매처럼 허연 고름을 불룩 터뜨리며
아버지보다 내가 곱절 아팠다

아버지의 실실한 미소는 행복해 보였지만
아버지의 파란 동공 속에서 나는 파르르 떠는 첫 연인

내게 전에 없이 따뜻한 손 내밀며
당신, 이제 당신 집으로 돌아가요, 라고 짧게 결별을 알
릴 때

나는 가장 쓸쓸한 애인이 되어

내가 딸이었을 때의 미소를 버리고
아버지 연인이었던 눈길로

아버지 마지막 손을 놓는다
　　　　　—「내가 아버지의 첫사랑이었을 때」 전문

　위 두 편의 시를 통해 우리는 한쪽 귀의 청력을 상실하고
시력까지 약해져가는 치매 노인의 삶을 들여다볼 수 있다.
귀가 어두워지면서 아버지는 자신의 기억 안에 갇혀 살게 되
었고, 반백 년 전의 지나간 추억을 현실처럼 여기게 되었다.
그렇지만 이렇게 고독한 아버지에게도 첫사랑의 시절이 있
었고, 치매에 걸린 아버지에게 딸이 첫사랑의 화신이 되는
순간이 있다. 천수호가 사십여 년 전의 바위 뒤에 숨은 발
가벗은 여자를 지금에 이르러 "나리꽃 화신"으로 기억하고
있는 것처럼, 아버지에게 딸은 첫사랑의 '화신'이 되어 꽃과
같이 자신 앞에 나타난 것이다. 아버지는 그런 딸의 손을 집
에 올 때까지 꼭 쥐고 놓아주지 않는다. "내게 전에 없이 따
뜻한 손 내밀며/ 당신, 이제 당신 집으로 돌아가요, 라고 짧
게 결별을 알릴 때"라는 구절은 얼마나 쓸쓸하고 감동적인
가. 치매에 걸린 아버지는 먼저 귀를 지우고 다섯 딸 중에
서 가장 먼저 자신을 기억 속에서 지웠지만, 다시 말하면 아
버지는 살아오는 내내 한 번도 넷째 딸인 시인을 살갑게 대
하지 않았지만 사라진 기억 속에서 구원처럼 딸을 첫 연인

으로 불러낸 것이다. 딸은 그런 아버지를 위해 지상의 "가장 쓸쓸한 애인이 되"기를 자청한다. 자신을 바래다준 연인인 딸에게 아버지는 이제 당신 집으로 돌아가라는 말을 하고, 그런 아버지의 말을 들으며 시인은 "아버지의 마지막 손을 놓는다"고 시를 끝맺는다. 하지만 한쪽 귀를 잃어서 세상과 소통의 고리를 잃어버린 아버지의 말소리가 아버지와 딸이 맞잡은 손의 따스한 촉각으로 변하면서, 우리는 서로의 말이 소통되지 않는 상황 속에서도 서로의 체온을 주고받으며 얼마든지 소통으로 나아갈 수 있다는 감동적인 순간과 조우하게 된다.

현관문을 잠그고 중문을 닫고 방문도 꼭 닫는다
목소리가 빠져나가지 않는 가두리 양식장에
엄마와 딸의 고래고래

짧은 교복 치마 밑으로 불쑥 기어나오는 고래와
고래고래 박자도 못 맞추는 고래

처음부터 미끄덩 잡히지 않는 딸과
애초에 손이 없는 돌고래 엄마
         —「그건 됐구요, 고래고래 잡으러」 부분

우리가 맡은 유도화 향기가 새로운 독기를 만들어낼 동안

개미는 쉼 없이 비스킷을 갉아댄다
우리가 있는 곳이 먹다 만 비스킷 속이라는 것을
조각조각 물고 나와 번쩍 들어 보여준다
쇠퇴한 유적지에 유도화는 여전히 무성하고
꽃으로 유산하려던 아이들은 질기게 살아남아
줄지어 나오는 개미떼를 콕콕 눌러 죽인다
                              —「비스킷 속에서」 부분

　천수호의 두번째 시집에서 치매를 앓는 귀가 어두운 아버
지와 함께 또하나 소통 부재의 현실로 다가오는 것은 사춘
기에 접어든 딸과의 관계이다. 시를 보면 방안에서 모녀가
언쟁을 벌이고 있다. 짐짓 이성적으로 보이려는 엄마의 요
구를, 딸이 "고래"라는 동물로 바꾸면서, 엄마의 이성적인
소리가 사실은 감정적인 소리에 지나지 않는다는 것을 역설
적으로 보여준다. 때문에 이 시에서 두 모녀가 언쟁을 벌이
는 방안의 공간이 '고래 뱃속'으로 표현된 것은 긍정적인 의
미가 아니다. 즉 고래 뱃속은 딸과 엄마가 하나이며 따뜻한
일체였던 모성적인 공간이 아니라 소통 불능의 모녀지간을
나타내기 위한 공간으로 활용된 것이다. 또 그 두 모녀를 바
라보는 아들 역시 가족의 언어폭력을 방관자처럼 무덤덤하
게 바라보고 있는데, 이러한 아들의 모습은 가족의 단절된
모습을 암시하는 한 단면이라고 할 수 있다. 천수호는, 위
두 편의 시를 볼 때 인간의 모성을 본능보다는 문명의 유산

으로 파악하는 것 같다. 카르타고 유적지와 그 유적지를 갉아먹고 있는 개미의 모습에서 시인은 모성을 와해시키고 자생능력을 더 강력한 생존능력으로 파악한다. 개미들에게는 인간의 유적지인 카르타고가 그저 한낱 비스킷과 같은 먹이 부스러기인 것이다. 이 개미들의 대척점에 "유도화"가 있다. 유도화는 아이를 유산시킨다는 속설이 있는데, 이 카르타고 유적지에는 그런 유도화가 만발해 있다. 유도화는 자신의 의지대로 살아남아 있는 것이다. 그래서 "쇠퇴한 유적지에 유도화는 여전히 무성하고/ 꽃으로 유산하려던 아이들은 질기게 살아남아", 생명체는 모성보다는 자신이 가진 자생능력으로 생존한다는 것을 보여준다. 이를테면 천수호는 위 두 편의 시를 통해 모성이 여성이 가지는 본성적인 자질이 아니라는 것을 보여준다. 그러면서 자식이 어머니의 소산이라는 편협한 모성을 벗어난 공간에서 자생력은 어떻게 형성될 수 있는가를 천착한다.

천수호는 이번 시집에서 아버지로 표상되는 부성과 딸과의 관계에서 나타나는 모성이라는 두 측면을 귀와 소리의 문제로 확장해내면서, 사랑이나 소통은 천성적으로 주어지는 것이 아니라 우리가 살아가면서 소통의 통로를 어떻게 방법론적으로 확장해내느냐의 문제에 있음을 일러주고 있다. 사물이나 인간 존재의 말 건넴이라는 소리에 내재되어 있는 촉각적 감각은 천수호가 귀와 소리를 통해 세상과 나 사이에 가득한 불화를 소통의 씨앗으로 바꾸기 위한 껴안음의 몸짓임에 다름아닐 것이다.

파도의 귓바퀴 속을 걸어들어가봐
튤립 싹이 왜 귀부터 여는지 알게 될 거야
파도와 파도 사이
그 조용한 시간을 견디는 게
튤립의 전(全), 생(生)이거든

코끼리 코로 겨울을 견디는 오동나무 둥치나
손바닥 펴 보이는 맨주먹의 어린 싹들도
전생을 맡긴 땅에다 귀부터 갖다대거든

왼쪽으로 세 번 오른쪽으로 두 번 또 왼쪽으로 한 번
길을 몇 번 꺾다보면
번호를 잊어버린 녹슨 금고 앞에 선 것처럼 아득해져서
어디 먼 데를 향해 귀부터 열게 되거든

파도의 귓바퀴를 한 바퀴 굴러나오는 윈드서퍼가
다음 파도를 기다리며 귀를 열듯이
튤립은 그 어디를 향해 귀를 열면서
죽은 새 대가리 하나를 쑤욱 낳았던 거야
—「파도의 귀를 달고 개화하는 튤립」전문

위의 시는 천수호의 두번째 시집에서 아버지 시편들이 보여주는 그 감동이 어떻게 '귀의 시학'을 통해 방법론적으로 드러났는가를 세밀한 촉각적 이미지와 율동적인 소리로 그려낸 수작(秀作)이다. 즉, 위의 시는 시각에서 비롯된 환상보다 소리에서 나오는 환상이 덜하지 않다는 것을 보여준다. 그만큼 눈보다 귀로 빚어내는 환상이 생생할 뿐만 아니라 현실감도 더 증폭될 수 있음을 위의 시는 빼어나게 그려낸다.

시인은 파도가 해변으로 다가올 때 귓바퀴처럼 몸을 세우는 것을 보면서 튤립을 연상한다. 파도가 해변으로 다가오는 모습이 그 큰 귀로 세상 만물과 소통하며 생명을 탄생시키는 모습으로 비친 것이다. 그래서 시인은 파도의 그러한 귓바퀴에서 튤립의 꽃봉오리를 보았고, 모든 생명의 싹이 귀부터 열고 대지와 물에 귀기울이고 있는 장면을 혼몽하고 아름다운 환상으로 포착한다. 이 시에서 윈드서퍼가 "파도의 귓바퀴를 한 바퀴 굴러나오"며 "다음 파도를 기다리며 귀를 열듯이", 튤립 또한 "그 어디를 향해 귀를 열면서/ 죽은 새 대가리 하나를 쑤욱 낳"고 있다. 그러나 파도의 귓바퀴와 튤립을 병치하고 있는 이 시에서 마지막에 "죽은 새 대가리 하나"가 태어나는 장면은 부정적인 의미가 아니다. 그것은 소통 불능의 세상에서 사물이나 인간 존재의 진실한 기억들을 간직한 나무나 악기처럼, 타성을 걷어내고 우리의 영혼을 일상의 틀 바깥의 저 높은 꼭대기로 끌어올려주는 참소통의 경지를 역설적으로 표현한 것이다. 우리가 이 시에서처럼 "맨 주먹의 어린 싹들"이 되어 "전생을 맡긴 땅에다 귀부터 갖다"댄다면, 우리는 각자가 놀랍고 감격적인 귀로 틔워낸 생명들임을 자각할 수 있게 되지 않을까. 또한 시각적 이미지와 소음으로 범람하는 이 지상에서 이 시의 제목처럼 "파도의 귀를 달고 개화하는 튤립"과 같은 한 마리의 새가 되기도 하는 삶, 누구나 공감할 수 있는 삶과의 소통 고리를 만들어낼 수 있지 않을까. 나는 천수호의 귀의 시학을 통해, 사물과 인간 존재에 내재된 그 아름다운 추억들과 생명의 씨앗들이 터져나오는 미래의 시간들을 먼저 만나는 행운을 누린다.

천수호 1964년 경북 경산에서 태어났다. 명지대학교 대학원에서 문예창작을 전공해 박사학위를 받았다. 2003년 조선일보 신춘문예로 등단했다. 시집으로 『아주 붉은 현기증』이 있다.

문학동네시인선 059
우울은 허밍
ⓒ 천수호 2014

1판 1쇄 2014년 9월 3일
1판 5쇄 2024년 9월 2일

지은이 | 천수호
책임편집 | 김형균
편집 | 김필균 김민정
디자인 | 수류산방(樹流山房) 본문 디자인 | 유현아
저작권 | 박지영 형소진 최은진 오서영
마케팅 | 정민호 서지화 한민아 이민경 안남영 왕지경 정경주 김수인 김혜원
　　　　김하연 김예진
브랜딩 | 함유지 함근아 박민재 김희숙 이송이 박다솔 조다현 정승민 배진성
제작 | 강신은 김동욱 이순호 제작처 | 영신사

펴낸곳 | (주)문학동네
펴낸이 | 김소영
출판등록 | 1993년 10월 22일 제2003-000045호
주소 | 10881 경기도 파주시 회동길 210
전자우편 | editor@munhak.com
대표전화 | 031) 955-8888 팩스 | 031) 955-8855
문의전화 | 031) 955-2696(마케팅), 031) 955-2678(편집)
문학동네카페 | http://cafe.naver.com/mhdn
인스타그램 | @munhakdongne 트위터 | @munhakdongne
북클럽문학동네 | http://bookclubmunhak.com

ISBN 978-89-546-2557-9 03810

www.munhak.com
문학동네